AF559824

बिन कान का टोइची

बिन कान का होइची

कोइजुमी याकुमो

अनुवाद

उनीता सच्चिदानन्द

राजकमल प्रकाशन

मूल जापानी कृति
- *शोनेन शोजो निहोन बुनगाकु कान [1] ताकेकुराबे, सानशोदायु हिगुची इचियो, मोरी ओगाई, कोइजुमी याकुमो*
- *सेकाइ मेइसाकु दोवा ज़ेनशू (41) मिमिनाशि होइची कोइजुमी याकुमो*

प्रकाशक : कोदान्शा, पोपुराशा, तोक्यो, जापान, 1985, 1983

ISBN : 978-81-19159-45-1

मूल्य : ₹495

पहला संस्करण : 1998
दूसरा संस्करण : 2009
पहली आवृत्ति : 2023
This book is printed on **Print on Demand** Technology : 2024

प्रकाशक : राजकमल प्रकाशन प्रा.लि.
1-बी, नेताजी सुभाष मार्ग, दरियागंज
नई दिल्ली-110 002
शाखाएँ : अशोक राजपथ, साइंस कॉलेज के सामने, पटना-800 006
पहली मंजिल, दरबारी बिल्डिंग, महात्मा गांधी मार्ग, प्रयागराज-211 001
1, अनमोल सोराबजी संतुक लेन, धोबी तलाव, मरीन लाइंस, मुम्बई-400 002
वेबसाइट : www.rajkamalprakashan.com
ई-मेल : info@rajkamalprakashan.com

BIN KAN KA HOICHI
Translated by Dr. Unita Sachidanand

क्रम

दो शब्द

अनूदित जापानी कहानियों की श्रृँखला में कोइज़ुमी याकुमो की अलौकिक कहानियों का प्रस्तुत संकलन हिंदी के बाल-पाठकों को समर्पित है। इस संकलन में छह मशहूर कहानियों को सम्मिलित किया गया है। अलौकिक विषय-वस्तु से संबंधित ये कहानियाँ हिंदी के पाठकों का न सिर्फ मनोरंजन करेंगी, सामाजिक तथा नैतिक पहलुओं के माध्यम से उनके चारित्रिक विकास में भी सहायक होंगी। इन कहानियों को हितोपदेश का दर्ज़ा नहीं दिया जा सकता, फिर भी जापान में पिछले सौ वर्षों में इनकी लोकप्रियता कहानियों की सार्थकता का परिचायक है। पिछले वर्ष पाँच भागों में प्रकाशित जापानी लोक कथाओं के हिंदी संकलन 'फूजी पहाड़ से...' की अपार सफलता के बाद, कोइज़ुमी याकुमो की ये कहानियाँ एक बार फिर हिंदी पाठकों का परिचय जापानी साहित्य के एक और पक्ष से कराने में सफल होंगी, ऐसी उम्मीद है।

श्री योगेश सुयाल के सुझाव कहानियों को बाल-पाठकों की रुचि के अनुरूप ढालने में काफी मददगार साबित हुए।

भारत में जापानी साँस्कृतिक एवं सूचना केंद्र के निदेशक श्री तामोन मोचिदा एवं उपनिदेशक श्री किनतारो सुगीमोरी का सतत सहयोग प्रशंसनीय है।

अंत में इस संकलन को पाठकों तक पहुँचाने के लिए राजकमल प्रकाशन के श्री अशोक महेश्वरी भी हार्दिक धन्यवाद के पात्र हैं।

नई दिल्ली **उनीता सच्चिदानन्द**
17 जुलाई, 1998

परिचय

यूरोपीय मूल के लाफ़्कादियो हर्न उर्फ़ कोइज़ुमी याकुमो (1850-1904) की रचनाओं ने उन्नीसवीं सदी के उत्तरार्द्ध में जापान की छवि को विश्व के सम्मुख सशक्त रूप से प्रस्तुत करने में महत्त्वपूर्ण भूमिका निभाई। हर्न को अगर विश्व में जापान का साँस्कृतिक दूत कहा जाए तो कोई अतिशयोक्ति नहीं होगी। इस संदर्भ में इनकी रचनाएँ '*ग्लिम्पसेज़ ऑफ अनफैमिलियर जापान*' (1894), '*कोकोरो*' (1896) तथा '*जापान : ऐन ऐटेम्प्ट ऐट इन्टरप्रिटेशन*' (1904) खास स्थान रखती हैं। हर्न सिर्फ एक प्रतिभाशाली साहित्यकार ही नहीं, बल्कि उच्च स्तर के अनुवादक भी थे। कई भाषाओं के ज्ञाता हर्न के अँग्रेज़ी, फ्रांसीसी तथा जापानी अनुवादों का पाश्चात्य एवं प्राच्य संस्कृति और सभ्यता को परस्पर जानने-पहचानने की दिशा में प्रशंसनीय योगदान रहा।

लाफ़्कादियो हर्न का जन्म सन् 1850 में यूनान के लेव्कास द्वीप में हुआ। इनके आँग्ल-आयरिश पिता अँग्रेज़ी सेना में चिकित्सक थे। माँ यूनान की थीं। कच्ची उम्र से ही दुर्भाग्य जैसे हर्न से जुड़ गया था। जब वह सात साल के थे, इनके माता-पिता का तलाक हो गया। माँ यूनान लौट गईं और पिता फ़ौजी दस्ते के साथ यहाँ-वहाँ तबादले पर जाते रहे। फलस्वरूप, इनका पालन-पोषण दूर के एक संपन्न रिश्तेदार के यहाँ डबलिन, आयरलैंड में हुआ। शिक्षा कभी इंग्लैंड में तो कभी फ्रांस में हुई। स्कूली पढ़ाई के दौरान एक दुर्घटना में वह अपनी बाईं आँख गवाँ बैठे, जिसकी

वजह से आजीवन शारीरिक एवं मानसिक उत्पीड़न से ग्रसित रहे। उन्नीस वर्ष की आयु में पढ़ाई के लिए अमेरिका गए। शुरू में अनंत कठिनाइयों का सामना करना पड़ा। आर्थिक स्थिति पतली थी, इसलिए मज़दूरी करनी पड़ी। बाद में उन्हें एक अख़बार में पत्रकार का काम मिला। यहीं से हर्न का सर्जनात्मक सफ़र शुरू हुआ। समाज के वीभत्स पहलुओं के सजीव चित्रण के लिए हर्न ने काफी नाम कमाया।

सन् 1890 में हर्न पहली बार जापान गए। मात्सुए शहर में निवास के दौरान इन्हें जापान को करीब से जानने का मौका मिला। यहीं 1891 में जापानी लड़की कोइज़ुमी सेत्सुको से विवाह के पश्चात् उन्होंने अपना उपनाम कोइज़ुमी याकुमो रख डाला और हमेशा के लिए जापान के बन बैठे। इन्हें 1894 में जापान की नागरिकता प्रदान की गई। सन् 1904 में 54 साल की उम्र में उनका देहांत हो गया।

जापान में याकुमो का समय पढ़ने-पढ़ाने तथा लेखन में गुज़रा। तोक्यो तथा वासेदा विश्वविद्यालयों में अँग्रेज़ी साहित्य पढ़ाया। अपनी ज़िंदगी के अंतिम वर्षों में वह जापान में पाश्चात्य सभ्यता के अंधाधुंध अनुसरण से खिन्न रहने लगे। अपने मानस पटल पर अंकित जापान की विशुद्ध प्राचीन छवि को बदलते देख उनका हृदय रो पड़ता।

जापानी कथा-साहित्य की दुनिया में कोइज़ुमी याकुमो को अलौकिक प्रसंगों के आधुनिक प्रवर्तक के रूप में सदैव जाना जाएगा। इन्होंने परंपरागत जापानी अवधारणा से हटकर प्रेतात्माओं

की परिकल्पना की, जो डरावनी या वीभत्स न होकर मानवीय है। याकुमो की प्रेतात्मा विनाशकारी न होकर बदलती सामाजिक परिस्थितियों में टूटते-बिखरते मानवीय मूल्यों की पुनः स्थापना में मददगार साबित होती है। जहाँ मेइजी काल (1868-1912) का जापानी साहित्यकार यूरोपीय साहित्य तथा संस्कृति से प्रभावित होकर आधुनिक विचारधारा का अनुसरण करने को प्रेरित था, वहीं याकुमो लुप्तप्राय जापानी संस्कृति, रीति-रिवाज़ों के प्रति पाठकों की संवेदना को जाग्रत करने की सतत चेष्टा करते रहे।

'बच्चों की रज़ाई' (*मोनो ओ इउ फुतोन*) में अनाथ बच्चों को ठिठुरती रात में एक निर्दयी मकान-मालिक द्वारा घर से बाहर निकाल दिया जाता है। किराए के बदले मकान-मालिक उनकी रज़ाई छीन लेता है। बच्चे रात में ही दम तोड़ देते हैं। यह कहानी एक तरफ बच्चों के प्रति अत्याचार दर्शाती है, दूसरी ओर रज़ाई से उनकी बातचीत की आवाज़ निकलना भटकती आत्मा का संकेत न होकर, उनकी व्यथा की पुकार का द्योतक है जो बार-बार समाज से उसकी निष्ठुरता का हिसाब माँगती है।

'बिन कान का होइची' (*मिमिनाशि होइची नो हानाशी*) ऐतिहासिक घटना पर आधारित याकुमो की बहुचर्चित कहानियों में से एक है। यह कहानी सन् 1185 में घटित दान नो उरा की लड़ाई के विध्वंसक प्रभावों को बखूबी उभारती है। युद्ध समाज-रूपी शरीर पर गहरा जख्म छोड़ जाता है, जिसका असर सदियों तक महसूस किया जाता है। याकुमो कहानी के मुख्य पात्र अंधे होइची के माध्यम से पाठकों तक यह संदेश पहुँचाने में सक्षम हैं। होइची

वादा न निभाने की स्थिति में अपने कान गवाँ बैठता है। 'बर्फ़ सुंदरी' (*युकि ओन्ना*) और 'सोएमोन भूला नहीं' (*काताई याकुसोकु*) भी वचनबद्धता से संबंधित रोचक कहानियाँ हैं। 'कुनीज़ाका की ढलान' (*मिजुना*) एक इच्छाधारी रकून कुत्ते की कहानी है, जो कुनीज़ाका की ढलान से गुज़रने वाले यात्रियों को डराया करता है। भय मनुष्य के ज़ेहन में ही बैठा हो तो उससे बचना कब तक संभव है? शायद यही सवाल कहानीकार उठा रहा है। 'आँसू बने मोती' (*होसेकी नो नामिदा*) अन्य कहानियों से भिन्न है। इनसान एवं अन्य प्राणियों के आपसी सहयोग और सद्‌भाव के संदेश के साथ जापानी प्रकृतिवाद की झलक इस कहानी में साफ़ देखने को मिलती है।

उनीता सच्चिदानन्द

बिन कान का होइची

आज से 700 साल से भी पहले की बात है। शिमोनोसेकी जलडमरूमध्य के दान-नो-उरा[1] नामक समुद्रतट पर गेन्जी और

1. दान-नो-उरा यामागुची प्रांत के शिमोनोसेकी शहर के पूर्वोत्तर में स्थित एक समुद्रतट है। यहाँ सन् 1185 में दो वंशों, **मिनामोतो** और **ताइरा** के बीच घमासान युद्ध हुआ था। **मिनामोतो** वंश को **गेन्जी** और **ताइरा** को **हेइके** या **हेइशी** के नाम से भी जाना जाता

हेइशी वंशों के बीच जारी लंबी लड़ाई अपने अंतिम दौर में थी। दान-नो-उरा में हेइके वंश तबाह हो गया। औरतें और बच्चे ही नहीं, हेइके वंश का नाबालिग सम्राट आनतोकु[2] भी मारा गया। उसके बाद दान-नो-उरा का समुद्री क्षेत्र बहुत समय तक हेइके परिवार की आत्माओं के श्राप से ग्रसित रहा। इस समुद्रतट पर ऐसे केकड़े भी मिलने लगे, जिनकी खोपड़ी पर इनसान की शक्ल बनी होती थी। मान्यता थी कि इनमें हेइके परिवार के योद्धाओं की आत्मा है। इसलिए इन्हें हेइके केकड़े कहा जाने लगा। आज भी इस समुद्रतट पर अजीब-सी घटनाएँ होती रहती हैं। अँधेरी रात में असंख्य प्रकाश-पुंज प्रकट होते हैं, जो लहरों के साथ धीरे-धीरे बहते हुए दिखते हैं। हलके नीले रंग की रोशनी के कारण मछुवारे इन्हें प्रेताग्नियाँ या मृगमरीचिका भी कहते हैं। परंतु उनका शक उस समय विश्वास में बदल जाता है जब भयंकर तूफ़ान आता है। बीच समुद्र से चीखने-चिल्लाने की आवाज़ें सुनाई देने लगतीं हैं जैसे वहाँ कोई घमासान युद्ध हो रहा हो।

था। इस युद्ध में **हेइके** वंश पूरी तरह से तबाह हो गया था और जीत **गेन्जी** वंश की हुई थी। इन दो वंशों के बीच सन् 1180 से चल रही लड़ाई को **गेम्पेइ** युद्ध भी कहा जाता है। दान-नो-उरा की लड़ाई **गेम्पेई** युद्ध की आखिरी लड़ाई थी।

2. आनतोकु (1178-1185) सन् 1180 में सिर्फ दो साल की उम्र में सम्राट बना। मृत्यु से पहले ही उसे गद्दी से हटा दिया गया था। यह ताइरा वंश के कियोमोरी का पोता था।

पुराने ज़माने के हेइके परिवार की आत्माओं की तुलना अगर आज की आत्माओं से की जाए तो वे कहीं बढ़-चढ़ कर थीं। रात में समुद्र से गुज़र रही किसी नाव या दक्ष तैराक को खींचकर डुबो देने जैसी घटनाएँ आम हो गई थीं।

शिमोनोसेकी में आमिदा मंदिर[3] बनवाया गया ताकि हेइके परिवार की इन भटकती आत्माओं को पूजा जा सके और उन्हें शांत रखा जा सके।

मंदिर से सटे समुद्रतट पर एक कब्रिस्तान था। वहाँ कब्रों पर समुद्र में डूबे सम्राट तथा सामंतों के नाम बहुत से समाधि-प्रस्तरों पर खुदे हुए थे। इसीलिए वहाँ अब हर साल किसी एक दिन अशुद्धि एवं अन्य प्रकार के प्रकोपों से रक्षा हेतु बुद्ध पूजा समारोह का आयोजन किया जाने लगा था।

आमिदा मंदिर की स्थापना एवं समाधि-प्रस्तरों की वजह से हेइके परिवार की आत्माओं पर कुछ असर ज़रूर पड़ा और वे अब पहले की तुलना में लोगों को कम कष्ट देने लगीं। लेकिन

---

3. शिमोनोसेकी का आमिदा मंदिर बौद्ध धर्म के **जोदो** समुदाय के नियमों पर आधारित था। इसका निर्माण सम्राट आनतोकु की स्मृति में हुआ और मेइजी काल (1868-1912) से इसे **मेइजी जिन्गू** (मठ) के नाम से जाना जाने लगा।

अब भी कभी-कभी संदेहास्पद घटनाएँ देखने-सुनने को मिल ही जातीं।

शायद, इसलिए कि कुछ आत्माएँ अभी भी मोक्ष न पा सकी थीं।

बात पुरानी है। आकामागासेकी[4] में होइची नाम का एक अंधा व्यक्ति रहता था। वह बीवा[5] बजाकर कहानी सुनाने के लिए प्रसिद्ध था। यह कला उसने बचपन में ही सीख ली थी और छोटी ही उम्र में इतना माहिर हो गया था कि किसी का भी गुरु बन सकता था। ख़ासकर वह गेन्जी और हेइके की कहानियाँ सुनाने के लिए अधिक मशहूर था। ख़ासतौर पर जब वह दान-नो-उरा की लड़ाई की कहानी सुनाने लगता था, तो कहते हैं कि कठोर, भयंकर राक्षस भी भावुक हुए बग़ैर न रह पाते थे।

होइची बहुत गरीब था। ना मालूम उसने कौन से अच्छे

---

4. शिमोनोसेकी का तत्कालीन नाम।
5. चार या पाँच तारों वाला वाद्य-यंत्र जो नारा सदी (710-793) में भारत से चीन होते हुए जापान पहुँचा।

कर्म किए थे कि उसकी जान-पहचान एक अच्छे व्यक्ति से हो गई। वह व्यक्ति आमिदा मंदिर का पुजारी था। उसे कविताएँ और गाने सुनने का बहुत शौक था। कभी-कभी वह होइची को मंदिर बुलाकर बीवा पर कहानियाँ सुनता। एक दिन पुजारी बोला, "अच्छा होता कि तुम मंदिर में ही रहते।"

होइची को और क्या चाहिए था! उसे मंदिर में खाना मिला और ठिकाना भी। बदले में होइची खाली समय में पुजारी को कहानियाँ सुनाकर उसकी तबियत खुश रखता।

गर्मी की एक शाम थी। पुजारी मंदिर के यजमान चौकीदार के यहाँ रतजगे पर गया हुआ था। बही-खाता लिखने वाला छोटा पुजारी भी साथ में चला गया। होइची अकेले ही मंदिर में रह गया और उसकी रखवाली करने लगा।

मौसम में काफी उमस थी। होइची ठंडी हवा का आनंद लेने के लिए शयनागार के सामने वाले बरामदे में बैठा तो बैठा ही रह गया। वहाँ से मंदिर के पीछे का बगीचा दिखता था। होइची उसी बरामदे के एक किनारे जाकर पुजारी के आने की राह देख रहा था। अकेलापन महसूस हुआ तो बीवा बजाने लगा। आधी रात बीत गई परंतु पुजारी नहीं लौटा। अभी भी हवा में इतनी ठंडक नहीं थी कि होइची कमरे में जाकर सो सके, इसलिए वह उसी तरह बाहर बैठा रहा। उसी वक्त पीछे के बगीचे से किसी के

बरामदे में आने की आहट हुई। अभी होइची कुछ सोचता ही कि पैरों की आहट होइची के बिलकुल नज़दीक आकर रुकी। लेकिन वह मंदिर का पुजारी नहीं था।

"होइची", आवाज़ कठोर, तीखी एवं दबंग थी। जैसे कोई सेनानायक अपने अनुचर को पुकार रहा हो।

होइची अचानक घबराया। उसके मुँह से जवाब न निकला। एक बार फिर हुक्माना लहज़े में वही आवाज़ आई।

"होइची।"

"हाँ", होइची के काँपते शब्द फूट पड़े, "मैं आँखों से लाचार हूँ। मेरे सामने यह आवाज़ देने वाला महापुरुष कौन है? क्षमा करना, मैं पहचान नहीं पा रहा हूँ।"

"घबराने की कोई बात नहीं है।" आगंतुक अब थोड़ा मधुर स्वर में कहने लगा, " मैं इस मंदिर के पास ही एक टोली के साथ आया हुआ हूँ। तुमसे कुछ काम था, इसलिए चला आया। मेरे मालिक रईस लोग हैं। वे अपने काफी सारे अनुचरों के साथ यहाँ आए हुए हैं। हम लोग थोड़े समय के लिए आकामागासेकी में ठहरे हैं, इसलिए आज दान-नो-उरा की लड़ाई के अवशेषों को देखने का निश्चय किया। मालिक को यह ख़बर थी कि तुम दान-नो-उरा की कहानी सुनाने में माहिर हो, इसलिए उन्होंने

निवेदन किया है कि जब यहाँ आए ही हैं तो क्यों न तुम्हारी बीवा से कहानी भी सुन ली जाए! इसलिए अगर तुम हमारे महल में बीवा के साथ तुरंत पधार सको तो अच्छा रहेगा।''

सैनिक का निवेदन मानो आदेश था जिसे टाला नहीं जा सकता था। होइची जल्दी से अपनी पुआल की चप्पल[6] पहन, बीवा उठा उस अनजान सैनिक के साथ हो लिया। वह होइची का हाथ पकड़कर चल पड़ा। फिर बार-बार थोड़ा तेज़ी से चलने का आग्रह कर, वह होइची को उकसाने लगा। उसके हाथ लोहे के-से थे। लंबे कदमों के साथ खनखन की धीमी आवाज़, उसके कवच और शिरस्त्राण पहनने का संकेत देती थी। शायद वह महल की रखवाली करने वाला सिपाही था। होइची की घबराहट अब कम हो चली थी। भाग्य का दरवाजा खुलने की संभावना से वह खुशी से विभोर हो उठा था। उसे थोड़ी देर पहले सैनिक द्वारा कही गई बात याद आई कि ''मालिक ऊँचे ख़ानदान के हैं'' और वह फिर सोचने लगा कि उसकी बीवा से कहानी सुनने वाले लोग, ज़रूर

---

6. इसे जापानी में वाराज़ोरी कहते हैं।

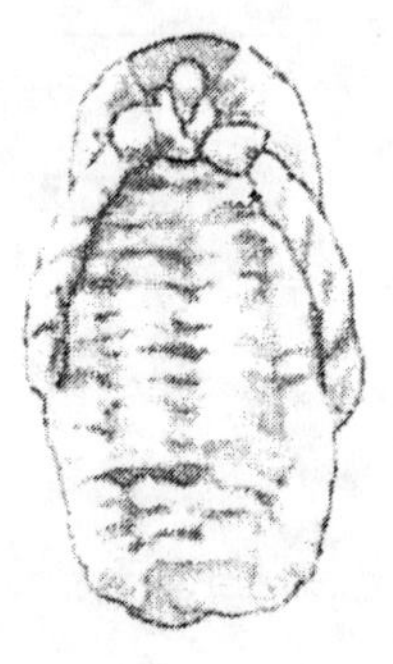

उस कुलीन परिवार के रिश्तेदारों में से होंगे।

थोड़ी दूर जाने पर सैनिक अचानक रुक गया। होइची को चारों तरफ से महसूस हुआ कि वह किसी बड़े द्वार के सामने खड़ा है।

होइची सोचने लगा –– यह तो आमिदा मंदिर का मुख्य द्वार ही हो सकता है। उसके अलावा तो होइची को कुछ और याद ही नहीं आ रहा था। होइची अभी इस उधेड़बुन में ही था कि साथ में आए सैनिक ने ज़ोर से कहा, "दरवाज़ा खोलो।"

पलक झपकते ही ज़ोर से दरवाज़ा खुलने की आवाज़ हुई। काफी लंबे-चौड़े बगीचे से गुज़रकर वे एक दूसरे द्वार पर पहुँचे, तो वहाँ उनका नाम दर्ज किया गया। फिर सैनिक ऊँचे स्वर में बोला, "अरे ओ, लोगो, इधर देखो! मैं होइची को ले आया।"

यह सुनते ही वहाँ व्याप्त ख़ामोशी चहलकदमी में बदल गई। लोगों के चलने की आवाज़, एक के बाद एक फुसुमा[7] के सरकने की ध्वनि, आमादो[8] के खुलने की खड़खड़ाहट और साथ

---

7. पारम्परिक जापानी घरों में दो कक्षों को विभाजित करता लकड़ी के चौखट पर कागज या कपड़े से बना सरकने वाला दरवाजा।

8. बारिश से बचाव के लिए सरकने वाला दरवाजा।

में औरतों की आपसी बातचीत करने का शोरगुल सुनाई देने लगा। औरतों की बातें सुनकर होइची को यह समझने में देर न लगी कि ये सब महल की सेविकाएँ हैं।

इन सबके बावजूद होइची को इस बात की ख़बर नहीं हुई कि आख़िर वह कहाँ लाया गया है। ख़बर तो दूर, यह सब सोचने का समय भी उसको कहाँ मिल पाया था। लोगों की मदद से जब वह पाँच-छह सीढ़ियाँ चढ़कर आख़िरी सीढ़ी पर पहुँचा तो उसे चप्पल उतारने को कहा गया। उसके बाद किसी औरत का हाथ पकड़कर एक लंबे बरामदे से गुजरते हुए उसे ऐसा महसूस हुआ जैसे बरामदे में लकड़ी के फ़र्श को खूब रगड़कर चमकाया गया हो। न मालूम कितनी बार अनगिनत खंबों से मुड़ना पड़ा। उम्मीद से अधिक लंबे-चौड़े फर्श पर बिछी चटाई को पार करके आख़िर में होइची को एक बहुत बड़े सभागार के बीच ले जाया गया। 'यहाँ काफी सारे महापुरुष एकत्र हैं', होइची ने सोचा। कपड़ों की सरसराहट ऐसी थी, जैसे जंगल में हवा पत्तों को चीर रही हो। फिर बहुत सारे लोगों की आपस में बातचीत करने की आवाज़ें सुनाई दीं। बातचीत धीमे स्वर में हो रही थी। उनकी भाषा रईसों वाली थी।

"आराम से बैठो", आवाज़ सुनकर होइची ने अपने आपको सँभाला। उसे लगा कि उसके आगे मखमली पुआल की

गोल गद्दी बिछी है। उस पर बैठकर होइची अपने साज की धुन ठीक करने को हुआ तो एक महिला ने उसकी तरफ मुड़कर कहा, "अब हम लोग बीवा की संगत में हेइके की कहानी सुनाने का आग्रह करते हैं।"

महिला के स्वर से ऐसा लगा कि वह प्रधान सेविका है। हालाँकि हेइके शब्द कहने में छोटा है परंतु इसकी कहानी अगर संगीत के साथ सुनायी जाए तो कई शामें बीत जाएँगी। यह सोचकर होइची पूछ बैठा, "हेइके सुनाना सरल काम नहीं है और फिर पूरा सुनाना तो असंभव है। इसलिए आप लोग बताएँ कि मालिक को कौन-सी घटना सुनने की प्रबल इच्छा है?"

बूढ़ी सेविका बोली, "हेइके में सबसे दर्दनाक घटना दान-नो-उरा की है। इसलिए हम आपसे दान-नो-उरा की लड़ाई का दृश्य सुनाने का आग्रह करते हैं।"

होइची ने अपनी आवाज़ को तुरंत ऊँचे स्वर में उठाया और समुद्र में नावों पर हुई घमासान लड़ाई की कहानी सुनाने लगा। चप्पू खेने, नाव धकेलने और खींचने की आवाज़ें; तीर-धनुष गूँजने, सैनिकों के चीखने-चिल्लाने और शिरस्त्राण पर तलवारों के वार की गूँज और उस वार से मरे लोगों के पानी में गिरने इत्यादि की ध्वनियाँ होइची ने बीवा पर इतनी दक्षता से निकालीं कि चारों ओर प्रशंसा के स्वर गूँजने लगे।

"यह तो सचमुच बहुत बड़ा कलाकार है।"

"राजधानी में भी ऐसा बीवा बजाते किसी को नहीं सुना।"

"संसार में अभी तक होइची की बराबरी का किस्सागो नहीं हुआ।"

इस तरह की प्रशंसा-भरी बातों ने होइची का मनोबल इतना बढ़ा दिया कि वह दुगने उत्साह और लगन के साथ बीवा बजाते हुए आगे की कहानी सुनाने लगा।

मधुर संगीत की रफ़्तार बढ़ती गई। जल्दी ही भाग्यहीन सुंदर नारियों की आपबीती, महिलाओं और बच्चों की दर्दनाक स्थिति के अंत में जब राजसी महिलाओं के नवजात राजकुमारों के साथ डूबने का अंतरा छिड़ा तो वहाँ पर सुन रहे सभी लोग दुखी हृदय और रुँधे गले से ऐसे सिसकने लगे जैसे वे लंबे समय से भयानक प्राण-पीड़ा से छटपटा रहे हों। उनका क्रंदन इतना हृदयविदारक था कि होइची को अपने स्वर की गंभीरता पर खुद भी हैरानी होने लगी। सिसकने के स्वर आहिस्ता-आहिस्ता लुप्त हो गए और सन्नाटा छा गया। फिर बूढ़ी सेविका की आवाज़ ने सन्नाटा तोड़ा।

"बहुत खूब! संसार में आपसे मुकाबला करने वाला बीवा किस्सागो नहीं है। यह बात तो हम पहले से जानते थे

लेकिन आज खुद भी देख लिया। हमारे मालिक भी बहुत संतुष्ट हुए हैं। उन्होंने हुक्म दिया है कि आभार के साथ आपको ढेर सारा ईनाम दिया जाए। आज का संगीत बिलकुल महाराजा की इच्छा के अनुकूल था।" कुछ रुकते हुए उसने फिर कहना शुरू किया, "हम आपसे आग्रह करते हैं कि आज से छह दिन तक हर रोज़ रात में यहाँ आएँ और रईस लोगों को बीवा सुनाएँ। इस आभार के प्रति हम क्योतो में भी एक आयोजन करेंगे और आपको वहाँ आने का निमंत्रण भेजेंगे। इसलिए हर शाम, इसी वक्त, इसी महल में आपको आना है। आज रात यहाँ लाने वाला व्यक्ति ही हर शाम आपका मार्गदर्शन करेगा। यहाँ ले आएगा तथा वापस भी छोड़ देगा।" वह थोड़ी देर के लिए फिर रुकी। "एक आग्रह और है कि आपके यहाँ आने की ख़बर किसी को भी नहीं होनी चाहिए। क्योंकि इसके आभार में की गई यात्रा का आयोजन गुप्त रूप से किया जाएगा। आज हम यहीं पर विदा लेते हैं," कहकर बूढ़ी महिला ने होइची को ले जाने का इशारा किया।

होइची ने सबका हार्दिक धन्यवाद किया। एक सेविका उसे हाथ पकड़कर महल के द्वार तक लाई, जहाँ वही सैनिक इंतज़ार कर रहा था, जो उसे लाया था। सैनिक मंदिर तक उसे छोड़ने आया और पीछे बरामदे से ही होइची से विदा लेकर चलता बना।

होइची जब मंदिर लौटा, पौ फटने वाली थी। रात-भर मंदिर में कोई नहीं था। इसलिए इस बात का किसी को पता न चला। पुजारी भी मंदिर में काफ़ी देरी से लौटा, इसलिए उसने सोचा कि होइची अभी सो रहा होगा।

दूसरे दिन होइची को थोड़ा आराम करने का वक़्त मिला। उसने रात की घटना के बारे में किसी को नहीं बताया। आज जब आधी रात हुई तो सैनिक होइची को लेने के लिए आया। रईस लोगों की महफ़िल में उसने कुशलतापूर्वक बीवा से दान-नो-उरा का किस्सा सुनाने में फिर सफलता पाई।

परंतु इस बार होइची के मंदिर से बाहर जाने की बात पकड़ी गई। सुबह होने पर जब वह मंदिर लौटा तब उसे तुरंत पुजारी के पास ले जाया गया। पुजारी ने उसे थोड़ा डाँटते हुए समझाया,

"होइची हम लोग तुम्हारे इस बर्ताव से बहुत चिंतित हैं। तुम्हें दिखाई भी नहीं देता है और आधी रात गए तुम अकेले बाहर जाते रहते हो? आख़िर हमें तुमसे ऐसी उम्मीद नहीं थी। जाने से पहले कुछ तो बताते? जाना ही था तो मंदिर में काम कर रहे लोगों में से किसी को साथ ले जाते। चलो, अब बताओ कि अभी तक तुम कहाँ थे?"

होइची सफाई में कुछ बहाना बनाकर बोला, "मालिक,

क्षमा चाहता हूँ। वो क्या था कि अपना कुछ काम था और मैं दिन के वक्त उसे पूरा नहीं कर पाया.. इसलिए....."

होइची को बात छिपाते देखकर पुजारी दुखी होने के बजाय काफी हैरान था। वह सोचने लगा — 'यह ऐसी-वैसी बात नहीं है। इसमें जरूर कोई खास कारण मालूम होता है। कहीं यह किसी भूत-प्रेत या आत्माओं के चंगुल में तो नहीं फँस गया? किसी ने जादू-टोना तो नहीं कर दिया?' यह सोचकर पुजारी चिंतित हुआ। उसने इस विषय पर और ज्यादा पूछताछ करना उचित न समझा और वहीं पर बात खत्म कर दी। बाद में पुजारी ने मंदिर के सेवकों को बुलाकर होइची पर नज़र रखने को कहा।

उस शाम ठीक ऐसा ही हुआ। होइची को मंदिर से बाहर निकलते समय देख लिया गया। तुरंत ही मंदिर के सेवकों ने लालटेन जलाई और उसका पीछा किया। उस दिन बारिश होने से अँधेरा कुछ ज्यादा ही था। सेवक अभी इसी उलझन में थे कि होइची सामने के रास्ते से निकला या नहीं कि वह तुरंत अदृश्य हो गया। इससे मालूम होता था जैसे होइची बहुत ही तेज़ कदमों से गया था। लेकिन इसके साथ ही उसके अंधे होने पर ग़ौर किया जाए तो उसका इतना जल्दी-जल्दी कदम रखना एक अजीब-सी बात लगती थी। सबसे पहले तो रास्ता ही खराब था। फिर भी सेवकों ने शहर के सारे रास्तों को जल्दी-जल्दी देख लिया और होइची अक्सर जिन घरों में जाता था उन घरों में एक छोर से शुरू

होकर पूरी छान-बीन कर डाली। लेकिन किसी को भी पता नहीं चला कि वह गया कहाँ? काफी कोशिशों के बाद भी उन्हें होइची का पता नहीं चला। थोड़ी देर बाद वे अचानक चौंक पड़े। देखते क्या हैं कि मंदिर के कब्रिस्तान के अंदर चारों ओर रोज़ की तरह घनघोर अँधेरा था। दो-तीन प्रेताग्नि-मरीचिकाएँ चमचम जल रही थीं। सेवकों ने लालटेन की मदद से कब्र के बीच में बैठे होइची को आख़िर ढूँढ ही निकाला। होइची लगातार टपटप बरसती बूँदों के बीच आनतोकु सम्राट और साम्राज्ञी की कब्रों के सामने अकेला बैठा बीवा की तान पर स्वर मिलाए दान-नो-उरा की लड़ाई का प्रसंग सुना रहा था। होइची के चारों ओर समाधि-प्रस्तरों के ऊपर अनगिनत दीप और मोमबत्तियों जैसी हलकी निर्जन मृगमरीचिकाएँ जल रही थीं। उन्होंने इतनी बड़ी संख्या में आगे-पीछे जल रहीं प्रेताग्नियाँ पहली बार देखी थीं।

"होइची सान! होइची सान!" सेवक चिल्लाए।

"तुम पर किसी आत्मा का जादू हुआ है......"

"होइची सान सुनिए तो!"

लेकिन अंधे होइची को शायद यह आवाज़ भी नहीं सुनाई पड़ी।

वह तो बस पूरे ज़ोर से बीवा बजाकर ऊँची आवाज़ में दान-नो-उरा की गाथा सुनाए जा रहा था। बीच-बीच में कह रहा

था, “यहाँ पर ग़ौर करें।” अंत में हारकर सेवकों ने ज़ोर से होइची को पकड़ा और उसके कान के पास चिल्लाए।

“श्रीमान होइची! होइची जी सुनिए और तुरंत हमारे साथ वापस चलिए।”

इस पर होइची डाँटते हुए सेवकों की ओर मुड़कर बोला, “अरे, तुम लोगों के लायक यह चीज़ नहीं है। इस तरह दख़ल देना अच्छी बात नहीं है।”

यह बात मन को कितनी भी बेचैन करने वाली क्यों न हो परंतु सेवक भी हँसे बगैर न रह पाए।

सेवक मान चुके थे कि होइची किसी आत्मा के चंगुल में फँस चुका है। इसलिए वे उसे पकड़कर मंदिर ले आए। पुजारी के आदेशानुसार उसके गीले कपड़े बदले गए, फिर उसे कुछ खिला-पिलाकर पुजारी अकेले में ले गया और इस घटना के बारे में पूछताछ करने लगा।

होइची थोड़ी देर तो झिझका, लेकिन जब उसे लगा कि उसकी इस करनी ने न सिर्फ दयालु पुजारी को परेशानी में डाल दिया है, बल्कि उसकी इज़्ज़त भी मिट्टी में मिला दी है तो उसने सैनिक के मंदिर आने से लेकर अब तक की पूरी घटना पुजारी को साफ-साफ बता दी।

पुजारी यह सुनकर बोला, "होइची, मुझे तुम पर दया आती है। तुम बड़ी मुसीबत में पड़ गए हो। यह बात तुमने मुझे शुरू में ही क्यों नहीं बताई? बहुत ही दुर्भाग्य की बात है। ये सब खतरनाक घटनाएँ इसीलिए हुईं कि तुम बीवा बजाने में माहिर हो। परंतु, अब जो हुआ सो हुआ। तुम्हें सचेत हो जाना चाहिए। तुम किसी महल में नहीं गए थे। दरअसल तुमने हर रात कब्रिस्तान के अंदर हेइके परिवार के समाधि-प्रस्तरों के सामने बिताई। आज रात भी जब सेवकों ने तुम्हें बारिश के बीच गाते पाया तो तुम आनतोकु सम्राट के मकबरे के सामने थे। भटकी आत्माएँ ही तुम्हें बुलाने आई थीं। उनके बारे में तुम जो सोचते हो वह सब भ्रम है। मृतात्माओं की बातों को मानने से ही तुम उनके चंगुल में फँसते चले गए। अगर तुम फिर कभी मृतकों की बातों में आए तो तुम्हारे टुकड़े-टुकड़े हो जाएँगे। यह सत्य है कि देर-सबेर यह शरीर समाप्त तो होगा ही। और होइची, आज रात भी मुझे एक जगह जागरण में जाना है। इसलिए तुम्हारे साथ मंदिर में नहीं रह पाऊँगा, लेकिन मैं तुम्हारे शरीर पर बुद्ध भगवान के मंत्र लिख दूँगा, जिससे भटकी आत्माएँ तुम्हारे पास फटकने भी नहीं पाएँगी।

दिन ढलने के पहले ही पुजारी और छोटे पुजारी ने होइची को निर्वस्त्र कर उसकी छाती, पीठ, माथे, चेहरे, गले के आगे-पीछे, हाथ-पैर और शरीर के लगभग सभी भागों में यहाँ तक कि पैरों के पीछे तक बुद्ध भगवान के मंत्र लिख डाले। लिखने के बाद

पुजारी होइची से बोला, "जब मैं चला जाऊँ तो पीछे के बरामदे में बैठे रहना। किसी भी वक्त सैनिक तुम्हें लेने आएगा। लेकिन तुम खामोश रहना। हिलना-डुलना तक नहीं। ध्यानमग्न रहना। अगर थोड़ा भी हिले या बोले तो जान लो तुम्हारे चिथड़े-चिथड़े हो जाएँगे। तुम किसी को मदद के लिए बुलाने की भी नहीं सोच सकते। अगर बुलाया भी तो कोई मदद नहीं कर सकेगा। लेकिन घबराने की कोई बात नहीं। मेरा कहा मानोगे तो मुसीबत टल जाएगी और यह बात भी रफ़ा-दफ़ा हो जाएगी।"

रात होने पर पुजारी अपने सहायक के साथ बाहर चला गया। होइची भी बरामदे में एक चौखट पर अपने सामने बीवा रख कर मूर्तिवत् बैठ गया।

होइची एकाग्रचित्त होकर और साँस साधकर वक्त गुज़रने का इंतज़ार करने लगा। थोड़ी देर बाद सड़क की ओर से पदचाप सुनाई दी। बरामदे के नज़दीक आकर कोई उसके पास रुका।

"होइची!" वही भारी दबंग आवाज़ थी। लेकिन अंधा होइची साँस रोके निश्चल बैठा रहा।

'होइची!' दूसरी पुकार थोड़ी कँपकँपाने वाली थी।

"होइची!!" तीसरी बार आवाज़ में सख़्ती थी।

लेकिन होइची पत्थर की तरह मौन रहा।

"अच्छा, कोई जवाब नहीं? यह बहुत ही लज्जाजनक बात है। कहाँ जा सकता है? अभी ढूँढता हूँ।" स्वर में थोड़ी निराशा थी।

चारों तरफ सन्नाटा छाया था। बरामदे में ऊपर पैर पटकने की आवाज़ आई, जो धीरे-धीरे होइची के करीब आकर रुक गई। होइची ने कँपकँपी महसूस की।

वह कठोर आवाज़ होइची के कानों में फुसफुसाई, "यहाँ पर बीवा तो है पर होइची नहीं है। अगर कुछ दिख रहा है, तो दो कान। कोई जवाब कैसे देगा? मुँह तो है ही नहीं। होइची के शरीर में तो अब कान ही बचे हैं...। ऐसा करता हूँ कि मालिक की डाँट से बचने के लिए ये कान सबूत के रूप में ले जाता हूँ।"

उसी क्षण होइची के कान लोहे की-सी उँगलियों में फँसकर अलग हो गए। असहनीय दर्द के बावजूद होइची ने उफ़ तक नहीं किया। भारी पदचाप बगीचे से सड़क की ओर जाते हुए धीरे-धीरे विलीन हो गई।

होइची को लगा कि उसके दोनों कंधों पर गरम-गरम तरल गिर रहा है। फिर भी उसने पुजारी के कहे अनुसार अपने हाथ ऊपर नहीं उठाए।

पौ फटने से पहले ही पुजारी मंदिर लौटा। पीछे के बरामदे में उसका पैर किसी लसलसी चीज़ पर फिसल गया। उसके मुँह

से आह निकली। उसने लालटेन की रोशनी में देखा तो वहाँ खून फैला था। निकट ही होइची ध्यानमग्न-मुद्रा में बैठा खून से लथपथ था। "अरे, होइची? ओ, होइची?" पुजारी ने हैरानी से उसे पुकारा, "अरे अब क्या हो गया? यह घाव कैसा?"

पुजारी की आवाज़ सुनते ही होइची समझ गया कि अब खतरा टल चुका है। उसने सुबक-सुबककर पुजारी को आपबीती सुनाई।

रक्तरंजित होइची का क्रंदन सुनकर पुजारी आत्मग्लानि से भर उठा। वह दुख-भरे स्वर में बोला, "यह सब मेरी वजह से हुआ। मैंने तुम्हारे पूरे शरीर में मंत्र लिखे, लेकिन कान छूट गए। यह काम मैंने छोटे पुजारी को सौंपा था। मैंने सोचा वह कान पर मंत्र लिख चुका होगा, इसलिए मैंने दुबारा नहीं देखा। यह सब मेरी ग़लती है। लेकिन अब पछताने से क्या फायदा? अब जरूरी है कि जल्दी से तुम्हारे घाव ठीक किए जाएँ। होइची तुम हिम्मत रखो। अच्छा हुआ कि अब खतरा टल गया। वे मरे लोग अब कभी सपने में भी नहीं आएँगे।"

होइची का घाव चिकित्सक की मदद से धीरे-धीरे ठीक हो गया। कुछ दिनों में यह अद्भुत घटना आग की तरह चारों ओर फैल गयी। होइची का नाम पूरे प्रांत में प्रसिद्ध हो गया। उसका बीवा सुनने दूर-दूर से राजा-महाराजा आकामागासेकी में पधारने

लगे। लोकप्रियता के साथ उसे ईनाम में बेहिसाब सोना-चाँदी मिला। वह खुशहाल ज़िंदगी जीने लगा, लेकिन कान खोने की कसक उसे हमेशा रही। लोग उसे अब 'बिन-कान का होइची' जो कहने लगे।

ᘓᘐ

बर्फ़ सुंदरी

मुसाशि नामक गाँव में दो लकड़हारे रहते थे। एक का नाम मोसाकू था और दूसरे का मिनोकिचि। मोसाकू बहुत बूढ़ा हो चला था और मिनोकिचि जो उसका शिष्य था, अभी अट्ठारह वर्ष का था।

दोनों रोज़ाना एक साथ गाँव से कोई आठ-नौ किलोमीटर दूर जंगल में जाते थे। रास्ते में एक नदी पड़ती थी। वहाँ हमेशा एक नाव रहती थी। नदी पर कई बार पुल बनाए गए। परंतु जब भी पानी बढ़ता था, पुल बह जाता था। आख़िर नदी के बढ़ते पानी में भला छोटे-मोटे पुल कैसे रुक पाते?

सर्दी की एक शाम मोसाकू और मिनोकिचि जंगल से लौट रहे थे। अचानक तूफ़ान ने उन्हें घेर लिया। दोनों नदी पार करने की जगह तक आए। परंतु नाव नदी के दूसरे किनारे पर बँधी थी और नाविक न मालूम कहाँ चला गया था। ऐसे मौसम में तैरकर नदी पार करना मुश्किल था। दोनों कुछ देर के लिए नाविक की कुटिया में घुस गए। वे ख़ुश थे कि कम से कम उन्हें कहीं सिर छिपाने की जगह तो मिली। हालाँकि इस ठंडक से बचने के लिए कुटिया के अंदर न अँगीठी थी और न ही कोई आग सुलगाने की जगह। सिर्फ़ एक चटाई बिछी थी। कुटिया में सिर्फ़ एक दरवाज़ा था। कोई खिड़की नहीं।

दोनों लकड़हारों ने कुटिया का द्वार ज़ोर से बंद किया और पुआल की बरसातियाँ पहनकर लेट गए।

शुरू-शुरू में उन्हें ज्यादा ठंड महसूस न हुई और वे तूफ़ान थमने का इंतज़ार करने लगे।

बूढ़ा लकड़हारा लेटते ही खर्राटे भरने लगा, लेकिन मिनोकिचि हवा के तेज़ झोंकों और दरवाज़े पर बर्फ़ की बौछारों की आवाज़ से डरकर बहुत देर तक सो न पाया। नदी में बढ़ते पानी की आवाज़ कुटिया के अंदर सुनाई दे रही थी। कुछ देर बाद कुटिया भी ऐसे हिलने लगी, जैसे समुद्र में पत्तों की नाव हिल रही हो। इस तूफ़ान में हवा भी बर्फ़ की तरह सर्द होती चली जा रही थी।

बरसाती के अंदर मिनोकिचि थर-थर काँपने लगा। लेकिन कब उसकी आँख लग गई, उसे पता ही नहीं चला। कुछ देर बाद मुँह पर बर्फ़ की बौछार पड़ी, तो उसकी आँखें फिर से खुल गईं। तुरंत ही झटके के साथ प्रवेशद्वार भी खुल गया। उसने देखा कि कुटिया के अंदर सफेद वस्त्र पहने एक औरत सोए हुए मोसाकू के ऊपर झुककर लगातार फू-फू करके अपनी साँस फेंक रही थी। उसकी साँस सफ़ेद धुएँ की तरह थी। पलक झपकते ही वह मिनोकिचि की ओर मुड़ी और अपना बदन उस पर भी झुकाने को हुई। मिनोकिचि इतना घबरा गया था कि लाख कोशिश करने पर भी उसके मुँह से एक शब्द न निकला। बर्फ़ जैसी सफेद औरत धीरे-धीरे इतना झुक चुकी थी कि उसका चेहरा मिनोकिचि को छूने लगा था। उसकी आँखें इतनी डरावनी थीं कि देखते ही रोंगटे खड़े हो जाएँ। लेकिन ठीक इसके विपरीत उसका चेहरा उतना ही आकर्षक था।

वह औरत थोड़ी देर तक मिनोकिचि को घूरती रही। फिर हँसते हुए बोली, ''मैं तुम्हारा भी हश्र इस बूढ़े की तरह करने की सोचकर आई थी, परंतु न मालूम क्यों मुझे तुम पर दया आ गई। मिनोकिचि, तुम अभी बहुत छोटे हो। बहुत प्यारे भी। इसलिए तुम्हें माफ़ करती हूँ। लेकिन याद रखना, तुमने जो कुछ भी आज देखा, उसके बारे में किसी को नहीं बताना। अपनी माँ को भी नहीं। अगर कभी भी किसी से ज़िक्र किया, तो मुझे मालूम पड़ जाएगा। फिर मैं तुम्हें भी खत्म कर दूँगी।'' यह हिदायत देकर औरत मिनोकिचि की ओर पीठ मोड़कर चलती बनी। मिनोकिचि को लगा जैसे वह किसी बंधन से मुक्त कर दिया गया हो। वह हड़बड़ाकर उठा और आस-पास उस औरत को ढूँढने लगा। परंतु वह कहीं भी न दिखाई दी। बस केवल भीषण बर्फ़ कुटिया के अंदर भरती चली गई। मिनोकिचि ने लट्ठों से दरवाज़ा बंद करने की बार-बार कोशिश की, परंतु वह हवा के तेज़ थपेड़ों से खुल जाता था। न मालूम क्यों मिनोकिचि को ऐसा लगा जैसे वह बर्फ़ की चमक में सफेद औरत को देख रहा हो। घबराकर उसने मोसाकू को पुकारा। लेकिन कोई जवाब नहीं मिला। अँधेरे में टटोलते हुए उसका हाथ अकस्मात बूढ़े मोसाकू के माथे पर पड़ा, जो बर्फ़ की तरह ठंडा पड़ा था और शरीर अकड़ चुका था।

सुबह होने पर ही तूफ़ान रुका। दिन चढ़ने पर नाविक भी

कुटिया में लौट आया। उसने देखा कि मिनोकिचि मृत मोसाकू के बगल में उदास बैठा है। नाविक की मदद से मिनोकिचि थोड़ा सँभला, परंतु खौफ़नाक रात का उस पर इतना असर पड़ा कि उसने कई दिनों तक बिस्तर पकड़ लिया। शायद इसलिए भी कि मोसाकू की मौत से उसे सदमा पहुँचा था। लेकिन उसने उस रात की घटना के बारे में मुँह नहीं खोला।

धीरे-धीरे मिनोकिचि ठीक हो गया। वह पहले की तरह काम पर लौट आया। अब उसे अकेले ही जंगल से लकड़ी लानी पड़ती थी। लकड़ियाँ बेचने में अब उसकी माँ मदद करने लगी। ऐसे में एक साल गुज़र गया।

अगली सर्दी की एक शाम को मिनोकिचि घर लौट रहा था। एक लड़की उसके आगे जा रही थी और बीच-बीच में रुक कर मिनोकिचि का इंतज़ार करने लगती। छरहरे डील-डौल वाली यह लड़की बहुत ख़ूबसूरत थी।

मिनोकिचि ने झुककर उसका अभिवादन किया, तो उसने चिड़ियों की-सी मीठी आवाज़ में जवाब दिया। मिनोकिचि उसकी सुरीली आवाज़ पर मोहित हो गया। वह उसके साथ चलते हुए उससे बातें करने लगा। युवती ने अपना नाम ओयुकी बताया। वह अनाथ थी और एदो शहर में अपने रिश्तेदारों के यहाँ जा रही थी।

उसे उम्मीद थी कि उसकी हालत पर तरस खाकर कोई न कोई उसे सेविका के रूप में रख लेगा और वह मेहनत करके अपना पेट भर लेगी।

मिनोकिचि लड़की के प्रति आकर्षित होने लगा। वह लड़की को जितना देखता, वह उतनी ही ख़ूबसूरत लगती। मिनोकिचि अंततः उससे पूछ ही बैठा, "क्या तुम्हारी शादी की बातचीत तो नहीं चल रही है?"

लड़की हँसकर बोली, "नहीं! नहीं, ऐसी बात नहीं है।"

लड़की ने भी मिनोकिचि से पूछा, "क्या तुम शादीशुदा हो? अगर नहीं, तो कहीं तुम्हारी बात चल रही है क्या?"

मिनोकिचि बोला, "नहीं, मेरी अभी शादी नहीं हुई। मेरे साथ केवल मेरी माँ रहती है और वैसे भी अभी मैं उतना बड़ा नहीं हुआ जो शादी की बात सोचूँ।"

फिर कुछ देर दोनों चुपचाप चलने लगे। परंतु जैसा कि कहा जाता है 'सच्चे दिल की बात आँखों से झलक जाती है।' दोनों गाँव पहुँचते-पहुँचते काफी घुलमिल गए। मिनोकिचि ने ओयुकी को थोड़ी देर अपने घर चलने का अनुरोध किया। ओयुकी पहले थोड़ा झिझकी, परंतु मिनोकिचि के बार-बार निवेदन करने पर वह मान गई। घर पर इंतज़ार कर रही मिनोकिचि की माँ ने ख़ुशी से ओयुकी का स्वागत किया और उसे तुरंत

बेहतरीन खाना परोसा। माँ को भी ओयुकी का आचरण बहुत अच्छा लगा। उसने ओयुकी से अनुरोध किया कि वह एदो न जाकर कुछ दिन उनके साथ ही रहे। ओयुकी माँ की बात को टाल न सकी। अंततः ओयुकी और मिनोकिचि का ब्याह हुआ और दोनों एक साथ रहने लगे।

ओयुकी के नेक स्वभाव से सभी प्रभावित थे। पाँच साल ही बीते थे कि मिनोकिचि की माँ नहीं रही। अंत तक वह ओयुकी की भूरि-भूरि प्रशंसा करती रही थी।

ओयुकी ने दस स्वस्थ और सुंदर बच्चों को जन्म दिया। गाँव के लोग ओयुकी को अपने से भिन्न पाकर हमेशा आश्चर्य किया करते थे। उनकी हैरानी का एक कारण यह भी था क़ि दस बच्चों की माँ होने पर भी वह पहले की तरह ख़ूबसूरत थी। जबकि उसकी उम्र की औरतें बूढ़ी हो चलीं थीं।

एक रात जब बच्चे सो गए, तो ओयुकी आनदोन[1] की रोशनी में सिलाई करने लगी। तभी उसके पति ने उससे कहा,

---

1. लकड़ी के ढाँचे पर कागज चिपकाकर बनाई गई एक पारंपरिक जापानी लालटेन।

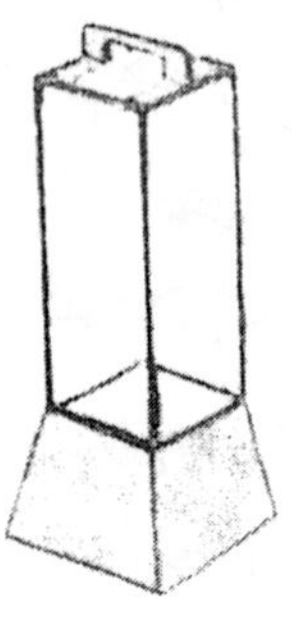

“इस समय तुम्हें देखकर मुझे अठारह साल पहले की एक अजीब घटना याद आ गई। उस वक़्त मेरी मुलाक़ात ठीक तुम जैसी एक श्वेत औरत से हुई थी।” यह सुनकर ओयुकी सिलाई का काम छोड़कर मिनोकिचि से बोली, “कृपा करके मुझे उस औरत के बारे में सारी बात बताओ।”

मिनोकिचि के दिमाग़ में उस ख़ौफ़नाक रात के दृश्य कौंध गए। कैसे वह औरत हँसते हुए मिनोकिचि के ऊपर झुकी, कैसे मोसाकू मर गया...। उसने पूरा घटनाक्रम ओयुकी को बता दिया। अंत में बोला, “दरअसल उस ख़ूबसूरत औरत की शक्ल तुमसे हूबहू मिलती है। ऐसी औरत मैंने पहले कभी न वास्तव में देखी थी, न ही सपने में। कभी-कभी मुझे ऐसा भी लगता है कि वह औरत वास्तव में कोई इनसान नहीं थी। मैं उस औरत से भयभीत हो गया था। वह इतनी श्वेत थी कि मैं रह-रह कर असमंजस में पड़ जाता हूँ कि आख़िर वह सपना था या मैंने कोई बर्फ़ सुंदरी देखी थी? सचमुच अभी तक उस रहस्य को मैं समझ नहीं पाया।”

यह सुनते ही ओयुकी ने सिलाई का साजो-सामान दूर फेंका और पास बैठे मिनोकिचि के ऊपर अपना शरीर झुका दिया। गुस्सैली आँखों से मिनोकिचि को घूरते हुए वह बोली, “हाँ! तुम्हारी ओयुकी ही वह औरत है। लेकिन क्या तुम्हें मेरी हिदायत याद नहीं है? मैं तुम्हारी जान ले लेती, परंतु इन मासूम बच्चों की

वजह से मजबूर हूँ। इसके बदले में बस तुम्हें इन बच्चों की अच्छी तरह देखभाल करनी होगी। हाँ, अगर कभी इन बच्चों को कुछ कष्ट हुआ तो मैं फिर तुम्हें जरूर दंड दूँगी।"

इस तरह चीखती-चिल्लाती ओयुकी सफ़ेद कोहरे में बदलकर छत की ओर उड़ी और गुम हो गई। उसकी आवाज़ भी धीरे-धीरे हवा में विलीन हो गई। उसके बाद वह कभी नहीं लौटी।

ജ്ജ

बच्चों की रज़ाई

बहुत पहले तोत्तोरी नामक जगह पर एक व्यक्ति ने एक छोटा-सा अतिथि-गृह बनवाया। सबसे पहले जो अतिथि इसमें

ठहरा, वह एक व्यापारी था। अतिथि-गृह के मालिक ने उसकी दिलो-जान से आवभगत की क्योंकि वह जानता था कि बेहतर सेवा से ही अतिथि-गृह का नाम रोशन होगा।

अतिथि-गृह का मालिक अमीर नहीं था। उसके पास जितनी भी संपत्ति थी, उसने अतिथि-गृह के निर्माण में खर्च कर दी थी। उसके पास साज-सज्जा के लिए भी पैसे नहीं बचे थे। फिलहाल उसने कुछ पुरानी कुर्सियाँ और इस्तेमाल की हुई रज़ाइयाँ सस्ते में खरीद ली थीं। उसने सोचा कि जैसे-जैसे मुनाफ़ा होता जाएगा, नई चीज़ें खरीद लेगा।

अतिथि खातिरदारी से ख़ुश होकर सोने चला गया। उस रात बहुत ठंड थी। अतिथि बहुत थका हुआ था, इसलिए उसने सोचा कि लेटते ही उसे नींद आ जाएगी। लेकिन वह जैसे ही सोने को हुआ, उसे किसी के बात करने की आवाज़ सुनाई दी। उसने ग़ौर से सुना तो लगा जैसे दो बच्चे बातें कर रहे हैं। वे एक दूसरे से बार-बार एक ही बात कह रहे थे।

"भैया, तुम्हें ठंड लग रही है न?"

"क्यों? तुम्हें भी ठंड लग रही है?"

थोड़ी देर की चुप्पी के बाद वे सिसक-सिसक कर फिर यही सवाल दोहराने लगते थे।

"भैया! तुम्हें ठंड लग रही है न?"

व्यापारी इन बातों को सुनकर घबराया नहीं। उसने सोचा कि यह छोटा-सा अतिथि गृह है। कमरे भी एक-दूसरे से सटे हुए हैं। बीच में केवल काग़ज़ का सरकने वाला दरवाजा है। शायद किसी के बच्चे अँधेरे में इधर आ गए हैं।

उसने बच्चों को लक्ष्य करते हुए प्यार से कहा, "क्यों, क्या हुआ? पहले ज़रा चुप तो हो जाओ!" उसके इतना कहते ही एकदम ख़ामोशी छा गई। व्यापारी बच्चों से बात करना चाहता था, लेकिन कोई जवाब न मिलने पर वह कुछ देर इंतज़ार करने के बाद फिर सोने की कोशिश करने लगा।

परंतु यह क्या! फिर अतिथि के कानों में वही दुखी स्वर पड़े।

"भैया! ठंड लग रही है न?"

दूसरे बच्चे ने पूछा, "क्यों? तुम्हें भी ठंड लग रही है?"

अब अतिथि झुँझलाकर उठा और लालटेन जलाकर कमरे के अंदर चारों तरफ देखने लगा। परंतु उसे कुछ भी दिखाई नहीं दिया।

"बड़ी अजीब बात है!"

अचंभित होकर उसने लालटेन को जलते हुए छोड़ दिया और फिर रज़ाई के अंदर घुस गया। उसकी आँख लगी ही थी कि फिर वही शब्द ठीक बिस्तर के पास सुनाई देने लगे।

"भैया, तुम्हें..."

कमरे के अंदर किसी के भी न दिखने के बावजूद बार-बार इन स्वरों के सुनाई देने से अब व्यापारी को कँपकँपी छूटने लगी। हाथ-पैर थर-थर काँपने लगे। इस बीच उसे कई बार बच्चों की वही बातें सुनाई पड़ीं। ग़ौर से सुनने पर वह समझ गया कि आवाज़ रज़ाई से आ रही है।

व्यापारी ने आव देखा न ताव, तुरंत अपना सामान उठाया और भाग खड़ा हुआ। उसने अतिथि-गृह के मालिक को उठाया और हाँफते-हाँफते रज़ाई से सुनाई देने वाली अद्भुत बात बताई। यह सुनकर मालिक खूब ज़ोर-ज़ोर से हँसने लगा और कहा, "कैसी बेवकूफ़ी की बातें करते हो? कहीं रजाइयाँ भी बोलती हैं? तुमने कोई सपना तो नहीं देखा?" अतिथि बार-बार कहता गया, "नहीं, यह सपना नहीं। मैं सोया ही कहाँ था, जो सपना देखता? ये स्वर रज़ाई के थे।" लेकिन मालिक ने एक न सुनी। आख़िरकार अतिथि ने अपना हिसाब-किताब चुकता किया और अँधेरी रात में ही कहीं और ठिकाना ढूँढने चल पड़ा।

दूसरे दिन एक और व्यक्ति अतिथि-गृह में ठहरा। आधी

रात होने को आई तो इस व्यक्ति ने भी मालिक को जगाया और रज़ाई की बातें बताईं।

फिर भी मालिक को यक़ीन न हुआ। उसने सोचा यह कहीं उसके अतिथि-गृह को बदनाम करने की चाल तो नहीं है। मालिक थोड़ा गुस्से में बोला, "साहब, आप लोगों की मैं दिन-भर मन लगाकर सेवा करता हूँ। उसके बावजूद आप ये अजीब-सी बातें कर मेरा मन खिन्न कर रहे हैं। बताइए, मुझसे क्या ग़लती हुई जो आप मुझे इतनी रात गए जगाकर तंग कर रहे हैं, कहीं आपका इरादा मेरे धंधे को चौपट करने का तो नहीं?" इस बात पर अतिथि को भी गुस्सा आ गया। चिल्लाते हुए उसने कहा, "क्या कह रहे हो? मैं क्यों तुम्हारे धंधे को चौपट करने लगा। मुझ पर आरोप लगाते हो?"

इस अतिथि ने भी गुस्से में अपना सामान उठाया और चलता बना। अब मालिक के सँभलने की बारी थी। वह यह सोचने पर मजबूर हो गया कि आख़िर दोनों अतिथियों ने एक ही तरह की बातें क्यों कहीं? कहीं इसमें सच्चाई तो नहीं? वह तुरंत कमरे में गया। रज़ाई से कान सटाते ही बच्चों की धीमी आवाज़ उसे भी सुनाई दी।

"भैया! तुम्हें ठंड लग रही है न?"

"क्यों? तुम्हें भी ठंड लग रही है?"

ये बहुत ही करुण आवाज़ें थीं। ये शब्द सिर्फ़ एक ही रज़ाई से सुनाई दे रहे थे। अब मालिक को अतिथियों की बातों पर यक़ीन हो गया। साथ ही उसका पूरा शरीर थर-थर काँपने लगा।

दिन निकलते ही वह पुरानी रज़ाई को उसी दुकान पर ले गया, जहाँ से यह खरीदी थी। परंतु दुकानदार को इस रज़ाई के बारे में अधिक जानकारी न थी क्योंकि उसने भी इसे किसी और छोटी दुकान से खरीदा था।

अतिथि-गृह का मालिक लाचार होकर उस छोटी दुकान में भी गया। वहाँ से पता चला कि पास में रहने वाला एक आदमी अपने गरीब किरायेदार से किराया न मिलने पर इस रज़ाई को जबरन उठाकर यहाँ बेच गया था।

घर छोटा होने से किराया तो ज्यादा नहीं था, परंतु किरायेदार की आमदनी कम थी। ऊपर से उसकी पत्नी की लंबी बीमारी की वजह से घर में कुछ नहीं बच पाता था। दो बच्चे थे। एक छह साल का और दूसरा आठ का।

सर्दी की एक रात को बीमारी की वजह से किरायेदार का देहांत हो गया। कुछ दिनों बाद बच्चों की माँ भी चल बसी। और दोनों मासूम भाई अनाथ हो गए।

उस रात कड़ाके की ठंड थी। घर के बाहर बर्फ़ गिर रही थी। दोनों भाई एक रज़ाई के अंदर सो रहे थे। तभी निर्दयी

मकान-मालिक आया और किराये के एवज में बच्चों से रज़ाई छीनकर चला गया। यही नहीं, बच्चों को घर से निकालकर उसने दरवाज़े पर ताला लगा दिया था।

बर्फ़ की सर्दी में बेघर हुए बच्चों ने एक मंदिर में शरण ली। वहाँ एक कमरे में वे एक-दूसरे से लिपटकर सो गए। लेकिन सुबह लोगों ने देखा कि उनके शरीर अकड़ चुके थे। दोनों बच्चों को मंदिर के पीछे कब्रिस्तान में दफ़ना दिया गया।

अतिथि-गृह के मालिक ने सारी कहानी सुनने के बाद रज़ाई उसी मंदिर में दान कर दी जहाँ बच्चे मरे थे और पुजारी से पूजा भी करवा दी। कहते हैं उसके बाद वह रज़ाई कभी नहीं बोली।

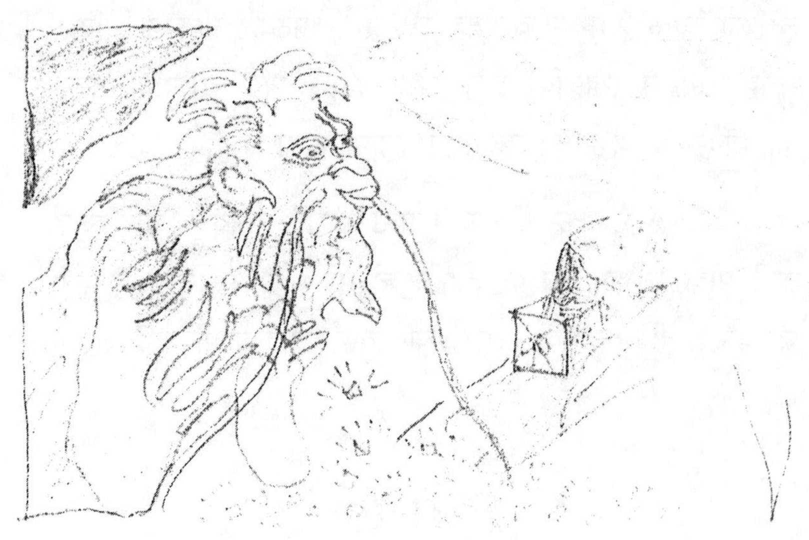

आँसू बने मोती

बात बहुत पहले की है। बीवा[1] झील के किनारे तोतारो नाम का एक नौजवान रहता था। उसके पास इतनी धन-दौलत थी कि वह आराम से अपना गुज़र-बसर कर सकता था।

---

1. वर्तमान शिगा प्रांत में स्थित जापान की सबसे बड़ी झील।

एक दिन जब वह सेतोनोनागा पुल पार कर रहा था, उसने देखा कि पुल की रेलिंग से सटकर एक अद्‌भुत प्राणी बैठा हुआ है। उसका शरीर मनुष्य की तरह था, परंतु ऊपर से नीचे तक कोयले जैसा काला। मुँह राक्षस जैसा था और आँखें हरे रंग के शीशे जैसी। मूँछें लंबी, बिलकुल ड्रैगन जैसी थीं।

तोतारो पहली नज़र में इस अजीब जीव को देखकर घबरा गया, परंतु उसकी आँखें इतनी निरीह थीं कि तोतारो का डर जाता रहा। तोतारो हिम्मत बटोरकर धीरे-धीरे उसके पास गया, "तुम कौन हो? कहाँ से आए हो?"

"मेरा नाम सामेबितो है। अभी कुछ क्षण पहले ही मैं इस समुद्र में बने ड्रैगन महल में सेवक था। मैं बड़ी लगन और मेहनत से काम करता था। परंतु एक छोटी-सी भूल की वजह से मुझे अपनी नौकरी से हाथ धोना पड़ा। इतना ही नहीं, मुझे मालिक ने पानी में रहने की इजाज़त भी नहीं दी। अब मेरे पास न घर है और न ही खाना। अगर आपको मेरी हालत पर ज़रा-सी भी दया आ रही है तो मेरी मदद कीजिए।" इस तरह उस प्राणी ने अपनी आपबीती बताई। भद्र दिखने वाले इस प्राणी पर तोतारो को दया आ गई और वह बोला, "अच्छा तुम मेरे साथ चलो।"

तोतारो सामेबितो को अपने घर ले आया। तोतारो के घर में एक तालाब था। सामेबितो उसमें रहने लगा। तोतारो उसे रोज़ाना तरह-तरह के पकवान देता था।

गर्मी का मौसम था। एक दिन निकटवर्ती कस्बे के मीदेरा मंदिर में मेला लगा। उसमें दूर-दूर से लोग आए। तोतारो भी अपने मित्रों के साथ वहाँ गया। तोतारो की नज़र मेले में एक ख़ूबसूरत लड़की पर पड़ी। उसका नाम तामाना था। तोतारो उसकी सुंदरता पर इतना मोहित हुआ कि उसने ठान ली कि अगर शादी करेगा तो केवल तामाना से। पूछताछ करने पर तोतारो को पता चला कि तामाना से शादी करना आसान नहीं था। उसकी शर्त थी कि जो कोई भी उसको मँगनी[2] के समय दस हजार मोती देगा, वह उसी से शादी करेगी।

तोतारो गरीब नहीं था। परंतु वह इतना धनी भी नहीं था कि तामाना को दस हजार मोती भेंट कर सके। शर्त पूरी न होते देखकर वह बहुत दुखी रहने लगा। धीरे-धीरे वह एक भयंकर बीमारी का शिकार हो गया। जगह-जगह से चिकित्सक बुलाए गए, परंतु उन्होंने जवाब दे दिया। अब तो वह वह दो-चार दिन का ही मेहमान था।

---

2. मँगनी के समय लड़के द्वारा दिया गया उपहार। जापान के प्राचीन काल में लड़का केवल मदिरा और कुछ भोजन के साथ लड़की के घर जाता था। धीरे-धीरे यह प्रचलन बदला, यहाँ तक कि मँगनी के समय सारी सामग्री जैसे घर, फर्नीचर, कार इत्यादि लड़की को बतौर उपहार में पेश किया जाने लगा। समकालीन जापान में यह प्रचलन अब दो-तरफा हो गया है जिसमें लड़की उपहार में मिले धन या अन्य भेंटों का कुछ हिस्सा लड़के को देती है। मँगनी की इस रस्म को जापानी में **युइनो** कहते हैं।

तोतारो की इस हालत से सबसे ज्यादा दुख सामेबितो को हुआ। वह तोतारो के पास गया और बोला, "मुझे भी सेवा करने का मौक़ा दो, दोस्त!" वह दिलो-जान से तोतारो की सेवा करने लगा। वह सेवा में इतना रम गया कि उसे न खाने की ख़बर रहती और न सोने की। परंतु तोतारो की सेहत पर इसका ज़रा-सा भी असर न हुआ।

तोतारो अपने दोस्त की सेवा से प्रभावित होकर बोला, "दोस्त, तुमने सच्चे दिल से मेरी सेवा की। मैं तुम्हारा बहुत आभारी हूँ। मुझे लगता है कि मेरी ज़िंदगी अब ओंस की तरह कुछ क्षणों में खत्म होने को है। मुझे अपने मरने का ग़म नहीं। लेकिन मुझे इस बात की चिंता है कि मेरे मरने के बाद तुम्हारा ख़याल कौन रखेगा? तुम फिर से अकेले हो जाओगे?"

यह सुनते ही सामेबितो फूट-फूटकर रोने लगा। हरी आँखों से टप-टप आँसू टपकने लगे।

लेकिन यह क्या! जैसे ही सामेबितो के आँसू जमीन पर पड़े, वे झिलमिलाते मोतियों में बदल गए। देखते ही देखते मोतियों का ढेर लग गया।

"वाह! क्या करिश्मा है!"

यह देखकर तोतारो एक तरफ आश्चर्यचकित था और दूसरी ओर उसके शरीर में मानो नए रक्त का संचार होने लगा। दिल फिर

खुशियों से भरने लगा और तामाना को पाने की उम्मीद से उसकी बीमारी भी रफूचक्कर हो गई। वह तुरंत उठ बैठा। सामेबितो अपने दोस्त को ठीक होता देख उसके गले लग गया। उसने रोना बंद कर दिया। यह क्या? इसके साथ मोती भी बनने रुक गए। यह देखकर तोतारो गिड़गिड़ाया, "मैं तुमसे विनती करता हूँ दोस्त, तुम आँसू मत रोको। ये मोती ही अब मेरी ज़िंदगी हैं।"

सामेबितो ने आशंकित भाव से पूछा, "तुम्हें इतने सारे मोतियों की ज़रूरत क्यों है?"

दोस्ती में कहीं दरार न पड़ जाए, इसलिए तोतारो ने सामेबितो को तामाना की शर्त बता दी। सामेबितो को पूरी बात समझते देर न लगी, परंतु वह बोला, "मुझे अफ़सोस है कि मैं तुम्हारी मदद नहीं कर सकता।"

तोतारो को सामेबितो की बात समझ में नहीं आई। उसने मजबूरी का कारण पूछा।

"हम समुद्री जीव मनुष्यों की तरह मनचाहे ढंग से नहीं रो सकते हैं। जब तक कोई दर्द न हो, हमारा रोना असंभव है। थोड़ी देर पहले जब मुझे यह एहसास हुआ कि तुम्हारी मृत्यु के बाद मैं अकेला हो जाऊँगा तो मुझे अत्यंत कष्ट हुआ। परंतु अब जब तुम ठीक हो गए हो, लाख चाहकर भी मेरे आँसू नहीं आएँगे।" सामेबितो ने अपनी बात खत्म की।

तोतारो सोच में पड़ गया। उसे अपनी कही बात पर शर्म भी आने लगी। और एक बार ठीक हुआ शरीर फिर से निर्बल हो गया। दोस्त का दुख सामेबितो से भी नहीं देखा जा रहा था। परंतु वह मजबूर था। वह थोड़ी देर सोचने के बाद बोला, "एक विचार मेरे दिमाग़ में आया है।"

"कैसा विचार?" तोतारो ने पूछा।

सामेबितो कहने लगा, "जैसा मैं कहता हूँ, वैसा करो। तुम मदिरा-पान का इंतज़ाम करो। फिर हम सेतानोनागा पुल पर चलते हैं। वहाँ जाकर हम ड्रैगन महल की ओर देखते हुए खाने-पीने का सिलसिला जारी रखेंगे। ड्रैगन महल को एकटक देखने से हो सकता है, मैं वहाँ गुज़ारे हँसी-ख़ुशी के दिन याद करके भाव-विभोर होकर रो पड़ूँ।" यह सुनकर तोतारो तुरंत मदिरापान की तैयारी में जुट गया।

दूसरे दिन तोतारो और सामेबितो ढेर सारी मछलियाँ और मदिरा लेकर सेतानोनागा पुल पर गए। सामेबितो मदिरा का सेवन करते हुए पानी में बने अपने मालिक के ड्रैगन महल की ओर एकटक देखने लगा। अपने पुराने दिनों के एक-एक क्षण उसकी आँखों के सामने तैरने लगे। वह बोला, "काश, जीते जी एक बार फिर ड्रैगन महल में वापस जा पाता!" यह कहना था कि उसकी आँखों में आँसू भर आए। वह बिलख-बिलख कर रोने लगा। मोतियों का ढेर बनने में कुछ भी देर न लगी। तोतारो ने गिने तो दस हज़ार मोती इकट्ठा हो चुके थे।

तभी दूर, बीवा झील के दूसरी ओर से मनमोहक संगीत सुनाई देने लगा। झील के बीचोबीच से सफेद धुआँ निकलता नज़र आया। धीरे-धीरे सफेद धुआँ सुनहरे रंग में बदलने लगा।

तोतारो की आँखें फटी की फटी रह गईं। देखता है कि सुनहरे धुएँ के अंदर सुंदर महल प्रकट हुआ। उसके चारों ओर लाल रंग की रेलिंग थी और लंबा-चौड़ा बरामदा। वहाँ बहुत सारे लोग खड़े थे। उनमें सबसे आगे एक ख़ूबसूरत कन्या, परियों जैसे कपड़े पहने नृत्य कर रही थी और बार-बार सामेबितो की ओर देखकर उसे महल की ओर आमंत्रित कर रही थी।

सामेबितो ख़ुशी से चीख पड़ा, "लगता है वे लोग मुझे बुला रहे हैं। शायद मुझे माफ़ कर दिया गया है। महल के राजा ने मुझे बुलाया है।"

प्रफुल्लित होकर वह उछलने लगा, "अच्छा दोस्त, अब मैं विदा लेता हूँ। तुमने मेरा ख़याल रखा, उसके लिए धन्यवाद। अगर मैं तुम्हारे कुछ काम आ सका तो यह मेरे लिए सौभाग्य की बात होगी।" कहते हुए सामेबितो ने झील में छलाँग लगा दी। उसके बाद वह फिर कभी नहीं दिखाई दिया। ड्रैगन महल भी ओझल हो गया।

तोतारो ने सामेबितो के आँसुओं से बने मोतियों को एकत्र कर तामाना को मँगनी के एवज़ में भिजवाए। दोनों का ब्याह हुआ

और कहते हैं कि वे खुशी से अपना जीवन बसर करने लगे। हाँ, तोतारो अपने समुद्री दोस्त का उपकार जिंदगी-भर नहीं भूला।

कुनीज़ाका की ढलान

तोक्यो की आकासाका नामक जगह में किनो कुनीज़ाका नामक पहाड़ की ढलान है। ढलान के एक तरफ गहरी खाई है, जिसके ऊपर एक पर्वत-स्कंध और उसके दूसरी तरफ एक सुंदर उद्यान

बना हुआ है। ढलान के नज़दीक ही राजघराने के लोगों के मकान हैं, जिनके साथ-साथ लंबी, ऊँची मिट्टी की दीवार नज़र आती है।

उस समय न बिजली थी और न ही रिक्शा इत्यादि। यहाँ प्रायः सुनसान ही रहता था। रात होने पर कोई भी यहाँ से नहीं गुज़रता था। किसी को अगर देर हो जाती थी और वह अकेला होता था तो इस ढलान से न जाकर नौ मीटर तक का चक्कर लगाकर जाता था।

इस तरह लोग इस ढलान के आस-पास फटकने से भी डरते थे। लोगों का मानना था कि यहाँ रात के समय एक भयानक जंगली कुत्ता[1] निकलता है।

क्योबाशी में रहने वाले एक व्यापारी ने तो सचमुच इस

---

1. रकून की शक्ल से मिलती-जुलती कुत्ते की एक प्रजाति जो प्रायः पूर्वी एशिया में पाई जाती है। इस जानवर की आँखों के चारों ओर रकून की तरह गहरा काला रंग होता है। जापानी दन्त कथाओं में इसका सम्बन्ध प्रायः अलौकिक घटनाओं से देखने को मिलता है।

जंगली कुत्ते को अपनी आँखों से देखा भी था। वह व्यापारी लगभग तीस वर्ष पहले मर गया, लेकिन उसके साथ घटी घटना कुछ इंस प्रकार से है:

एक दिन रात काफी बीत चुकी थी। व्यापारी किनो कुनीज़ाका ढलान पर तेज़ कदमों से चढ़ रहा था। अचानक उसने देखा कि एक औरत खाई के किनारे बैठकर सुबक रही थी। उसे लगा कि कहीं यह औरत मरने की तो नहीं सोच रही? उसे चिंता होने लगी। 'अगर मुझसे कुछ बन पड़े तो मुझे ज़रूर इस औरत की मदद करनी चाहिए। नहीं तो कम से कम बात करके इसका हौसला तो बाँध ही सकता हूँ।' यह सोचकर व्यापारी औरत के पास गया।

उसने देखा कि वह पतले डील-डौल की सुंदर महिला थी। उसके बाल सलीके से बँधे हुए थे। कुल मिलाकर वह अच्छे घर की बेटी मालूम पड़ती थी। व्यापारी उसके नज़दीक जाकर अभिवादन कर बोला, "आप इस तरह मत रोइए। कोई परेशानी है तो मुझे बेझिझक बता दीजिए। मैं अगर कुछ कर सका तो बड़ी खुशी होगी।"

परंतु औरत व्यापारी के लाख कहने के बावजूद रोती ही रही। अपनी पोशाक की लंबी बाँह से मुँह ढके लगातार सिसकियाँ भरती रही।

व्यापारी बड़ा परेशान हुआ। इस हालत में उससे औरत को अकेले छोड़ते भी न बना। वह दयालु और सज्जन था, इसलिए दिल से उसकी मदद करना चाहता था। वह कुछ देर रुका, फिर प्यार से समझाने लगा, "देखो तुम मेरी बात ग़ौर से सुनो। इतनी रात गए तुम्हारा यहाँ अकेले रहना ठीक नहीं। यह जगह तुम जैसी जवान लड़कियों के लिए तो और भी ख़तरनाक है। तुम अपना रोना बंद करो और मुझे बताओ कि आख़िर तुम्हारे साथ हुआ क्या है? हो सकता है मैं तुम्हारी मदद कर सकूँ।"

यह सुनकर भी वह चुपके से उठी और व्यापारी की तरफ पीठ कर पहले की तरह बाँह से अपना मुँह ढककर रोती रही।

व्यापारी से उसकी यह हालत देखी न गई। वह उसके पास गया और कंधे को थपथपाते हुए कहने लगा, "बहन सुनो! सुनो, बहन!" इतने में वह औरत व्यापारी की ओर मुड़ी। उसने बाँह को चेहरे से हटाया और खुद को हलका थप्पड़ लगाया। औरत के चेहरे पर न आँख थी, न नाक और न ही मुँह, सिर्फ सपाट चिपटा-सा आकार। यह देखकर व्यापारी के होश उड़ गए। चिल्लाते हुए वह वहाँ से नौ दो ग्यारह हो गया।

व्यापारी कुनीज़ाका ढलान पर सरपट चढ़ने लगा। उसकी आँखों के सामने अँधेरा छा गया। पीछे पलटकर देखने की हिम्मत तो दूर रही, वह पागलों की तरह भागता रहा। जब वह काफी दूर

निकल आया, तो उसे दूर एक हलकी-सी रोशनी दिखाई दी। वह रोशनी की ओर और तेज़ी से दौड़ा। नज़दीक जाने पर उसने देखा कि सड़क के किनारे सोबा[2] बेचने वाला एक आदमी था। उसके ठेले पर जल रही अँगीठी से ही रोशनी आ रही थी। खैर व्यापारी को इतना होश कहाँ था कि वह यह सोच पाता कि वह व्यक्ति कौन है और रोशनी किस चीज़ से आ रही थी। व्यापारी हाँफते-हाँफते उस आदमी के पैरों से लिपट गया और "वो! वो!!!" कहकर चिल्लाने लगा।

"अरे! अरे!" सोबा बेचने वाला आदमी घबरा कर अपना पाँव छुड़ाने लगा। उसने व्यापारी से पूछा, "क्या हुआ? कहीं तुम रास्ते में किसी सामुराय[3] से तो नहीं मिले?"

"नहीं, नहीं, सामुराय नहीं" व्यापारी हाँफते हुए टूटते-फूटते शब्दों में बोलता रहा, "अरे वो.... वो!"

---

2. फ़ाफर तथा गेहूँ के आटे को अंडे तथा पिसी अरबी के साथ गूँथकर बनाया गया **नूडल**, जिसे सोया सॉस में डुबोकर खाया जाता है।

3. प्राचीन जापान की एक प्रथा जिसमें योद्धा अपनी तलवार की धार तथा अपने बल को आजमाने के लिए राह चलते लोगों को भी मौत के घाट उतार देते थे। इसे जापानी में **त्सुजिगी** कहते हैं।

"क्या बोल रहे हो! तुम काफी डरे हुए लगते हो। कोई डकैती वगैरह तो नहीं", सोबा बेचने वाला आदमी खिन्न मन से बोला।

"नहीं, नहीं कोई डकैती-वकैती नहीं।"

व्यापारी इतना भयभीत था कि पूरे शब्द भी उसके मुँह से नहीं निकल रहे थे। फिर भी वह टूटते-फूटते शब्दों में बोला, "निकली! वहाँ एक औरत उस खाई के पास निकली! औरत मेरी ओर मुड़ी तो मैने देखा कि ... उसकी न आँखें थीं... न मुँह...।" व्यापारी की साँस चढ़ रही थी।

"क्या! तो क्या उस औरत ने ऐसा तो नहीं किया?"

यह कहते हुए सोबा बेचने वाले ने अपने मुँह पर हलका तमाचा लगाया। थप्पड़ लगते ही उसका मुँह अंडाकार हो गया, साथ में रोशनी भी गुल हो गई।

ꙮ

सोएमोन भूला नहीं

"इस साल शरद पर फिर आऊँगा", सोएमोन बोला।

"हाँ, ज़रूर आइए। हम आपका इंतज़ार करेंगे।" सामोन ने कहा।

वसंत का महीना था। शिमाने प्रांत का सामुराय सोएमोन एक लंबे अर्से बाद अपने साले से मिलने काको गाँव[1] आया था। शिमाने और ह्योगो प्रांत के बीच की दूरी काफ़ी थी।

सामोन बोला, "भाई साहब, शिमाने प्रांत बहुत दूर है। इसलिए अगली बार आप किस दिन यहाँ पहुँचोगे, यह निश्चित करना मुश्किल है। फिर भी अच्छा होता अगर आपके आने की कोई तारीख़ तय हो जाती। आपके स्वागत में खान-पान का इंतज़ाम कर, द्वार पर आपके आने का इतज़ार करते!" सामोन ने अनुरोध किया।

"ऐसी बात है?" सोएमोन यह कहते हुए सोचने लगा और फिर बोला, "मैं यात्रा का आदी तो हूँ ही और शिमाने से यहाँ आने तक कितने दिन लगेंगे यह भी जानता हूँ। इसलिए नौ सितंबर गुलदाऊदी पर्व[2] के दिन आप लोग मेरा इंतज़ार करें।"

"तो फिर नौ सितंबर का दिन पक्का रहा। है न?"

"हाँ, एकदम गुलदाऊदी पर्व का दिन पक्का रहा।"

"ठीक है। उस दिन हम लोग गुलदाऊदी के फूलों से घर सजाएँगे और खाने-पीने का इंतज़ाम करके रखेंगे।"

---

1. ह्योगो प्रांत का एक गाँव।
2. इस पर्व को **किकू नो सेक्कु** कहते हैं।

इस तरह सामोन और सोएमोन ने एक–दूसरे से मिलने का वायदा किया।

सोएमोन ने अपनी यात्रा की तैयारी कर सामोन और उसकी माँ से विदा लेते हुए कहा, "अच्छा, फिर आऊँगा।"

"हाँ ज़रूर, रास्ते में अपना ख़याल रखना" सामोन की माँ ने कहा।

सोएमोन ह्योगो प्रांत को पीछे छोड़ शिमाने की ओर चल पड़ा।

समय बीतने में देर न लगी। वसंत ऋतु बीती। गर्मी बीती और आख़िरकार शरद ऋतु आई। चारों ओर सुंदर गुलदाऊदी के फूल खिलने लगे।

नौ सितंबर भी आ ही गया और सामोन सोएमोन के स्वागत की तैयारी में जुट गया।

उस दिन सामोन ने तरह–तरह के पकवान बनवाए और बढ़िया मदिरा भी खरीद ली। बैठक में सुंदर गुलदाऊदी के फूलों का गुलदस्ता भी रख दिया गया। इतनी तैयारी होते देख सामोन की माँ ने कहा, "सुन बेटा, तुम्हें तो मालूम ही है कि शिमाने कितनी दूर है। इतने पहाड़ों को पार कर, किसी निश्चित तारीख़ को पहुँचना आसान काम नहीं है। हालाँकि सोएमोन पक्का वायदा

करके गया है कि वह आज ज़रूर आएगा, परंतु कोई ज़रूरी तो नहीं कि वह आ ही पाए। इसलिए अगर तुम उसके आने पर ही यह सब तैयारी करो तो अच्छा रहेगा।''

''नहीं, माँ उससे काम नहीं चलेगा। भाईसाहब कहकर गए हैं कि वह नौ सितंबर को किसी भी हालत में आएँगे। वह वायदे के पक्के हैं। मुझे उन पर पूरा भरोसा है। इसलिए अगर हम तैयारी करके नहीं रखेंगे तो हो सकता है कि वह यह सोचकर बुरा मान जाएँ कि हमें उनकी बात का यक़ीन नहीं था।''

इस तरह सामोन को सोएमोन पर पूरा भरोसा था।

उस दिन आसमान साफ था। गाँव से होते हुए अनेक यात्री गुज़रे। उनके बीच कुछ सामुराय भी थे।

सामोन एक-एक यात्री को बड़े ग़ौर से देखता रहा, परंतु उनमें सोएमोन नहीं था।

''लो! आ गए!'' शायद ऐसा कई बार कहने को हुआ परंतु सभी अनजान यात्री निकले।

दोपहर हो गई। सामोन धूप में खड़ा एकटक सड़क की ओर देखता रहा। शाम हुई। धीरे-धीरे अँधेरा भी बढ़ने लगा, लेकिन सामोन ने उम्मीद न छोड़ी। वह दरवाजे के बाहर खड़े-खड़े सोएमोन की राह देखता रहा।

माँ से जब यह सब देखा न गया तो वह पास आकर बोली, "बेटा, अब तो मेरी बात मान लो और घर के अंदर आ जाओ। आज ज़रूर कुछ हो गया होगा, जिसकी वजह से सोएमोन नहीं आ सका। हो सकता है वह कल आए। गुलदाऊदी के फूल तो कल तक भी अच्छी तरह खिले रहेंगे।"

"लेकिन मुझे अभी भी लगता है कि भाईसाहब ज़रूर आएँगे।" सामोन बोला और अपनी जगह से टस से मस न हुआ।

अँधेरा गहरा होता चला गया। "अब तुम्हें सो जाना चाहिए", माँ ने फिर उसे अंदर चलने को कहा।

"हाँ, माँ तुम सो जाओ। मैं भी अब सोता हूँ।"

सामोन ने यह कहा ज़रूर, लेकिन उस जगह से उसके पाँव नहीं हिले।

अँधेरी रात में चारों ओर तारे झिलमिलाने लगे। आकाश गंगा धीरे-धीरे बहती प्रतीत हुई। वातावरण एकदम शांत था। बस, पास से पहाड़ी नदी की कलकल सुनाई दे रही थी। कभी-कभी दूर से किसानों के घरों से कुत्तों के भौंकने की आवाज़ कानों में पड़ती थी।

आधी रात होने को आई। दूज का चाँद भी छोटी पहाड़ी के पीछे छिपने वाला था। सामोन को अब धीरे-धीरे लगने लगा

कि सोएमोन शायद नहीं आएगा। वह घर के अंदर जाने की तैयारी करने लगा। तभी उसने देखा कि दूर उस तरफ से एक लंबा-चौड़ा व्यक्ति लंबे डग भरता चला आ रहा है।

"अरे! यह तो भाईसाहब हैं!"

सामोन खुशी के मारे चिल्ला उठा। सचमुच, वह व्यक्ति सोएमोन ही था।

"अच्छा हुआ आप आ गए। सुबह से आपकी प्रतीक्षा कर रहे थे।"

सामोन खुशी के मारे उछलने लगा। उसे यह देखकर खुशी हुई की सोएमोन ने अपना वायदा निभाया।

वह बोला, "आप सचमुच वायदे के पक्के हैं। लेकिन आप बहुत थक गए होंगे। इसलिए अंदर आइए और हाथ-मुँह धोकर आराम फ़रमाइए। आपके लिए मदिरा और भोजन तैयार है।"

सामोन ने दिये को जलाया और सोएमोन को बैठक में ले गया।

"माँ थककर सोने चली गई। क्या मैं उन्हें जगाऊँ?" सामोन बोला।

“नहीं, नहीं, माँ को सोने दो। उनसे कल मुलाक़ात कर लूँगा।” सोएमोन बोला। “

ठीक है, जैसी आपकी मर्ज़ी,” कहते हुए सामोन ने भोजन और मदिरा सोएमोन के सामने रखा। “लीजिए, शुरू कीजिए।” परंतु सोएमोन ने मदिरा और खाने को छूने की भी कोशिश नहीं की और थोड़ी देर मौन बैठा रहा। फिर धीमे स्वर में कहा, “पहले मैं तुम्हें यह तो बता दूँ कि मेरे देर से आने की वजह क्या है।

“दरअसल जब मैं शिमाने वापस लौटा तो मैंने देखा कि वहाँ के सभी लोग अपने सामंत के उपकारों को भूलकर जबरदस्ती घुस आए एक बाहरी सामन्त की सेवा में व्यस्त थे। यह सब मुझे अच्छा नहीं लगा। पुराने सामंत की दुर्दशा पर मुझे बहुत दया आई। मेरा अपना चचेरा भाई भी नए सामंत के यहाँ काम करने लगा और मुझे भी जबरदस्ती वहाँ ले गया। लेकिन मैंने नए सामंत के यहाँ काम करना स्वीकार नहीं किया। इस पर नया सामंत आग बबूला हो गया। उसने मुझे क़ैद कर दिया। जेल में पड़े-पड़े दिन बीतने लगे, तो मुझे नौ सितंबर की चिंता हुई। मैंने कई बार अर्ज़ी दी कि मेरा नौ सितंबर को ह्योगो पहुँचना अति आवश्यक है, इसलिए जेल से कुछ दिनों की मोहलत दी जाए। लेकिन नए सामंत ने मेरी एक न सुनी और आज तक मुझे वहाँ से छुटकारा नहीं मिला।”

"आज तक!" सामोन ने सशंकित होकर पूछा।

"हाँ, आज तक। मान लो कि अगर वे मुझे आज छोड़ भी देते तो क्या मैं एक दिन में इतनी दूर शिमाने से यहाँ पहुँच पाता?"

"हाँ, यह तो सचमुच अचंभे की बात है?" सामोन बोला।

"जिंदा इनसान का एक दिन में शिमाने से यहाँ आना नामुमकिन है। मेरे सामने आज यहाँ पहुँचने का सिर्फ़ एक ही उपाय था। वह यह कि मैं आत्महत्या कर लूँ ताकि मैं आत्मा बनकर यहाँ पहुँच सकूँ और अपना वायदा निभा पाऊँ। मैंने अपना वायदा पूरा किया...। अच्छा, अब मैं विदा लेता हूँ। माँ का ख़याल रखना", कहकर सोएमोन चुपके से वहाँ से उठा और तुरंत ही अदृश्य हो गया।

सामोन अवाक होकर उसे देखता रह गया।

पुस्तक को जनसाधारण तक पहुँचाने के लिए जापानी दूतावास के सहयोग के लिए सहृदय आभार।